AF296132

VIVRE ET RÉGNER.

AU

PEUPLE SOUVERAIN.

Liberté , Égalité , Fraternité.

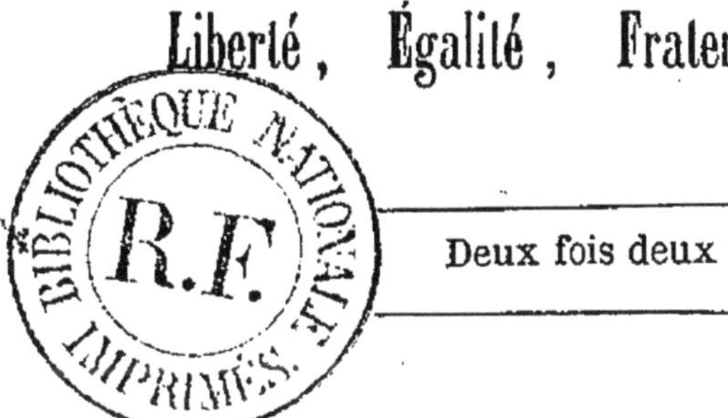

Deux fois deux font quatre.

NANCY,

IMPRIMERIE DE NICOLAS, PASSAGE DU CASINO.

1849.

AU PEUPLE SOUVERAIN.

Ainsi, voilà qui est dit, ô peuple! tu es souverain!

Mais peux-tu régner sans vivre, ou dois-tu vivre sans régner? ni l'un ni l'autre.

Tu dois vivre et régner, Dieu le veut.

Quand le 24 Février t'a trouvé dans la rue, tu ne vivais ni ne régnais, il a proclamé ta souveraineté; mais on n'a rien encore changé à ta misère; c'est ce dont il faut s'occuper. Ainsi donc, régner et vivre, voilà la question.

Est-ce possible? oui;

Juste? oui;

Peut-on le prouver? sans doute;

Comment? par le simple bon sens, en nous accordant quelques vérités de la nature de celles-ci :

Deux fois deux font quatre ;

Le plus court chemin d'un point à un autre, c'est la ligne droite ;

Ventre affamé n'a pas d'oreilles, et préfère le pain aux paroles.

Il faut, alors, aller au plus pressé, et au cas présent, traiter la question sociale. Nous y sommes, suivez-moi.

Répétons tout d'abord ce que d'autres ont dit avant nous :

« Il ne s'agit pas d'abolir la propriété, » mais de modifier le prolétariat. »

« Il n'est pas question de couper les » habits, mais d'allonger les vestes. »

Ce n'est pas : plus de richesse, qu'il faut crier, mais plus de misère !

Quant à la famille, loin de vouloir l'attaquer, il s'agit surtout de la défendre.

N'est-elle pas sérieusement atteinte au foyer du pauvre, dans sa personne, dans ses enfants ?

Qui paie l'impôt du sang ? son fils ; qui peuple les lieux de prostitution ? sa fille.

Et la propriété, la respecte-t-on chez le pauvre ? ses bras, ce premier de tous les capitaux, sa propriété, à lui, qu'il tient de Dieu, que deviennent-ils sans ouvrage?

N'est-il pas celui qui, avec le moins de ressources, paie la plus large part?

Son pain, quand il en a, n'est-il pas souvent arrosé de sueur et de larmes? et ses autres consommations, ne sont-elles pas odieusement sophistiquées?

Est-ce juste?

Est-ce moral?

Et vous dites que vous voulez faire respecter la famille et la propriété!

La propriété et la famille de qui? de vous et des vôtres, seulement; égoïsme et tyrannie!

Que font donc nos hommes d'État, et le problème est-il insoluble? nous ne le pensons pas.

Comment le résoudre?

En descendant au fond de nos consciences, en consultant nos instincts, en étudiant les faits, en voyant ce qui se passe soit à l'intérieur, soit à l'extérieur, en soumettant ensuite ces mêmes faits et ces mêmes instincts au raisonnement et en en tirant des inductions puissantes et logiques, appuyées sur la triple évidence de fait, de sentiment et de raison. Voilà le terrain sur lequel nous devons nous trouver : celui de la vérité et du bon sens. Il nous faut alors, avant tout et surtout, accepter la loi et permettre ses applications.

La loi, c'est le progrès.

Ses applications nombreuses ont pour but l'amélioration intellectuelle, morale et matérielle des masses, au nom de la sainte République, dont la devise. est : Liberté! égalité! fraternité!

Prouvons :

Oui, la loi, c'est le progrès! nier la loi, c'est nier Dieu, c'est nier l'évidence, le mouvement, c'est tomber dans l'absurde.

Depuis que le monde existe, l'humanité est en marche; des empires se sont successivement formés et ont été détruits. Leurs ruines, oubliées dans de vastes déserts, sont encore aujourd'hui les témoins irrécusables de leur grandeur passée et de la fragilité des gloires humaines.

En interrogeant ces ruines, elles nous

répondent que l'ignorance et la cupidité
ont perdu les sociétés, dont elles ont longtemps abrité les vices et les plaisirs. Mal-
heureuses sociétés, réfractaires aux lois
générales qui nous gouvernent! vous avez
voulu résister au progrès, vous avez suc-
combé à la tâche, et la loi a triomphé; la
civilisation a grandi, l'émancipation des
peuples a été reconnue, leur bien-être
augmenté!

Reines du monde, Ninive, Babylone,
Palmyre, glorieux empires d'autrefois, et
vous, innombrables gouvernements de cités et de royaumes secondaires, qui n'êtes
plus depuis longtemps, n'avez-vous donc
servi de rien?

Si; sans le vouloir, sans le savoir, vous
avez travaillé au développement progressif
de l'espèce, à son triple point de vue,
intellectuel, physique et moral.

Le cercle de ceux qui sont appelés à
jouir des bienfaits de la création, s'est in-
cessamment élargi; les dogmes sont deve-
nus de plus en plus humanitaires; les facultés et les forces de l'homme, stimulées

par la nécessité et la curiosité, et utilisées
d'abord par le despotisme, qui prenait l'esclavage pour levier et la conquête pour
droit, ont, dans l'exploitation primitive
du globe, essayé et fini d'immenses et gi-
gantesques travaux.

La philosophie grecque, résumée en
Socrate et en Zénon, a pris pour tâche de
diriger son intelligence et d'exercer sa volonté; enfin, l'apôtre de l'humanité, le
Christ a paru, et il s'est adressé à cette
troisième et dernière faculté de l'âme : la
sensibilité. Il a parlé, et les morts ont res-
suscité; avec lui, les cœurs ont noblement
battu, les sympathies morales se sont éveil-
lées, la femme s'est émancipée par la grandeur même de son apostolat; l'espérance,
la foi et la charité ont fait appel à un nouveau monde, et le vieux monde a été
ébranlé jusque dans ses fondements.

A partir de ce moment, l'homme conti-
nue ses conquêtes sur lui-même et sur le
monde extérieur, le dogme de l'humanité
se fait jour; des décompositions et des
transformations sans nombre fécondent *in-*

cessamment le sol de l'avenir : bientôt, l'esclavage n'est plus ; les femmes ont une mission ; ce ne sont plus les servantes, mais les compagnes de l'homme ; les invasions se ruent les unes sur les autres ; l'élément barbare extermine les restes des vieilles idées, les anciens préjugés ; il prépare, le christianisme aidant, la chute de la matière qui avait été le culte exclusif des premiers âges ; le règne de l'esprit commence. Mais il fallait assurer la marche et le succès du progrès, et le système féodal, qui était né de la conquête, devenu impuissant pour réaliser les vues ultérieures de la Providence, a fait place au pouvoir absolu, qui, une fois son œuvre accomplie, a méconnu, à son tour, l'avenir ; c'est qu'il avait vécu, c'est qu'au pouvoir d'un seul allait se substituer le bon sens général ; les instincts providentiels reprenaient le dessus ; le règne de la République était arrivé !

La marche de l'humanité peut donc se partager en deux grandes périodes :

1re *Période*. — Naissance des sociétés,

règne de la conquête brutale; vainqueurs
et vaincus, maîtres et esclaves; premiers
empires livrés au culte et à l'exploitation
de la matière; les connaissances et les ri-
chesses sont les priviléges exclusifs d'un
petit nombre; l'ignorance et la cupidité
deviennent presque générales.—Ruines!

2e *Période*. — Réhabilitation de l'esprit;
conquêtes pacifiques; voyages et décou-
vertes. Marche ascendante des sciences;
le cercle du bonheur et de l'instruction de
plus en plus agrandi.

Il y a moins d'habillés richement, mais
il y a plus d'habillés. On vit moins longtemps, mais un plus grand nombre vit.
Les châteaux sont démolis, mais les chau-
mières sont converties en maisons.

On voit clairement que l'unité des vues
de la Providence découle de la nature
même des faits; qu'elle a pour but l'exploitation du globe, l'éducation des peuples et le règne de la république universelle, avec la paix et la liberté! Les
hommes ne cessent de faire des conquêtes sur le monde extérieur; les libertés

et les facultés humaines se développent successivement avec une direction unique, qui rend, de plus en plus, les intérêts de chacun solidaires des intérêts de tous, et qui tend, par conséquent, à faire prédominer l'intérêt général sur l'intérêt particulier, avec une amélioration progressive dans les conditions sociales; de sorte que nous restons soumis aux lois de perfectibilité, de solidarité et d'inégalité qui nous gouvernent.

Egalité de droits, inégalité et variété dans les conditions et les situations; la famille pour base, le travail pour levier, la propriété et la liberté pour mobiles du travail.

En principe, telle est la loi : nous ne la faisons pas, nous la subissons; Dieu, qui se révèle à nous par ses œuvres, soumet les sociétés à une loi de progrès et d'éducation, qu'il est facile de retrouver dans les fastes historiques du genre humain.

Les hommes ne sont que des instruments intelligents destinés à faciliter directement ou indirectement les applications de la loi.

Tel est le fatalisme rationnel auquel nous devons nous soumettre et qui veut que nous subissions les faits révolus et que nous cherchions dans nos infortunes l'enseignement qu'elles renferment. Tous les conquérants, tous les législateurs ont, sans exception, travaillé au développement de l'esprit, et Napoléon en particulier, comme l'observe Louis Blanc avec raison, a été l'homme par excellence de la fatalité. Ses instincts rétrogrades et aristocratiques n'ont servi qu'à jeter chez les peuples les semences de liberté destinées à fructifier dans l'avenir, en facilitant la marche du principe, en vertu duquel nous voyons insensiblement substituer :

L'association à l'antagonisme ;

La liberté à la tyrannie ;

L'unitéisme au morcellement ;

La centralisation au fédéralisme ;

Et le bon sens général ou la souveraineté populaire au bon plaisir des théocraties, des monarchies et des aristocraties.

En d'autres mots, l'humanité a successivement proclamé, dit Proudhon :

« L'unité de Dieu ;

» L'égalité devant Dieu ;

» La souveraineté de la raison ;

» L'égalité devant la raison ;

» La souveraineté du peuple ;

» L'égalité devant la loi ;

» L'organisation du travail ;

» L'égalité devant le capital. »

Il n'y a pas à en démordre. Voilà où en est la question : Organisation du travail ; — amélioration intellectuelle, morale et matérielle des masses. Aujourd'hui, les réformes sociales sont devenues nécessaires, urgentes et inévitables. Elles se feront brutalement ou pacifiquement, nous n'avons que le choix des moyens ; augmenter les résistances et provoquer la lutte, l'anarchie, ou faciliter le progrès et entrer dans la voie pacifique des améliorations successives et progressives.

Peut-on hésiter un instant ? nous ne le pensons pas.

Les matériaux sont là, pourquoi ne pas s'en servir ?

Le temps presse, les malheureux souf-

frent; il est des circonstances où différer
l'action, c'est vouloir la mort.

A l'époque où la Providence agissait encore de par le pouvoir absolu, il était une
fois un roi et un ministre.

Le roi avait plus de cœur que d'esprit,
et le ministre n'avait ni l'un ni l'autre. Le
pays se mourait, et ce voyant, le roi était
atteint d'un chagrin profond. Un jour, le
ministre croyant le faire rire, lui dit : Mon
prince, il existe dans l'Afrique un royaume
où régnent les coutumes les plus singu-
lières; par exemple, quand le roi assem-
ble son conseil, on place en cercle autant
de cruches qu'il y a de conseillers; chaque cruche est remplie d'eau; chaque
conseiller se place dans sa cruche, d'où
l'on ne voit sortir que la tête dudit conseiller; les choses étant dans cet état, on
discute sur les intérêts publics avec la plus
imposante gravité..... — Mais vous ne riez
pas, mon prince? — Non, répliqua le roi,
qui eut une fois de l'esprit dans sa vie. —
Et pourquoi? — Parce que je connais un
pays où se passent des choses encore plus

plaisantes.—Lesquelles donc, sire?—Les cruches y tiennent conseil.

Et n'est-ce pas ce qu'on peut dire à ces hommes d'Etat qui répondent aux travailleurs qui demandent de l'ouvrage, ce que Sganarelle répondit à sa femme qui voulait du pain pour ses enfants : Ils ont faim, qu'on leur donne le fouet.

Oui, de tels hommes sont des cruches ou des monstres !

Aidons-nous les uns les autres, et le ciel nous aidera.

Nous ne demandons pas qu'on aborde toutes les questions à la fois, mais qu'on marche résolument dans la voie du progrès et qu'on attaque les abus un à un avec persévérance, zèle et bon vouloir.— Est-ce donc si difficile ?

Chacun ne comprend-il pas que nos facultés doivent être mises en rapport avec nos besoins, et que l'humanité tend irrésistiblement à se développer à son triple point de vue intellectuel, moral et physique?

Qu'il faut, en intelligence, exercer sa

mémoire, régler son imagination, éclairer sa raison, créer une instruction gratuite et obligatoire pour tous, élémentaire et professionnelle, qui donnerait à chacun et de bonne heure les notions les plus justes des droits et des devoirs.

Loin de vouloir ce résultat, on ne cherche qu'à éteindre les lumières, et la loi sur l'instruction publique nous ferait croire que nos politiques veulent, à l'imitation de ce que font certaines peuplades sauvages qui moulent, pétrissent et tiennent serrée la tête des enfants pour leur donner la forme d'un pain de sucre, user du même procédé envers la raison humaine, la mouler, la pétrir dans son état de faiblesse, en prévenir le développement, étouffer le germe de son énergie et la diriger vers le but qu'ils se proposent, en la comprimant entre les superstitions et la terreur ; attentat horrible et qui doit attirer sur son auteur les justes représailles d'un Dieu vengeur !

Et en morale, n'a-t-on rien à faire ?

Les gens en place ne doivent-ils pas

prêcher d'exemple et commander le res-
pect des devoirs moraux, en les respec-
tant eux-mêmes? Ne faut-il pas, pour rendre l'exécution de ces mêmes devoirs plus
facile, améliorer les conditions matérielles
des malheureux qui souvent n'ont pour
sortir de la misère qu'un inexorable di-
lemme : le suicide ou la cour d'assises !

Croyez-vous, en ce qui intéresse le côté
matériel, que si des banques nationales
permettaient un crédit non usuraire, et si
des agences communales facilitant la circu-
lation et affranchissant la production etla
consommation de leurs intermédiaires les
plus onéreux, délivraient les petits capitaux de la tyrannie des gros, il y aurait
grand mal à cela? Croyez-vous encore que
ce soit si difficile et qu'il faille pour cela
s'attaquer à la famille et à la propriété? Si
on vous le dit, c'est erreur ou mensonge.

Seulement, il ne faut pas, dans de semblables réformes, substituer l'état à l'association libre et élective des citoyens. Qu'un
ministère Falloux arrive au pouvoir, et il
fera de vos ressources et de vos forces ce

qu'il voudra, au nom du principe d'autorité et de quelque incomparable majorité, et au profit de je ne sais quel antechrist, qu'on appellera : Pape, empereur ou tout autre nom.

« Faites vos affaires vous-mêmes, si vous ne voulez pas que d'autres les fassent et substituent leur intérêt au vôtre. Ne faites ni officieusement ni officiellement intervenir le gouvernement dans ces sortes de transactions, et ne remplacez pas par sa volonté, celle de tous, dont souvent il n'est plus l'expression.

Il est évident pour les gens de bonne foi, que l'action associée, productive et féconde, doit succéder à l'action morcelée, improductive et incomplète des sociétés actuelles; seulement, il faut avoir soin de ne jamais, en quoi que ce soit, supprimer un des trois mots : Liberté, égalité, fraternité de notre devise républicaine, sans l'intégrité de laquelle il n'y pas d'avenir pour un peuple.

Croyez-vous, aussi, que si l'on abolissait les octrois des villes, en frappant proportionnellement les citoyens aisés par l'entremise des répartiteurs communaux, et que si l'on consacrait la légitimité de l'impôt sur le revenu, en modifiant, par une progressivité modérée et équitable, l'apparente égalité de l'impôt actuel, qui est une monstrueuse inégalité, il y aurait également grand mal ?

Croyez-vous que si des économies étaient faites sur les abus, les monopoles, les sinécures, la superfétation administrative, on n'y gagnerait pas un triple avantage ? Moralité, économie et simplification ; simplification surtout. Un gouvernement, dit Montesquieu, est une machine, et dans les plus belles machines, l'art emploie aussi peu de mouvement, de forces et de roues qu'il est possible. Croyez-vous encore que si des encouragements salutaires favorisaient, dans la consommation et le ménage des travailleurs, l'association qui assure la force, l'économie et le succès, on n'y trouverait pas un bénéfice énorme pour les associés ?

De même, n'entrevoyez-vous pas, dans

des caisses de secours mutuels fondées sur des obligations réciproques, l'extinction du paupérisme honteux, de la mendicité? Croyez-vous, également, que si l'on rendait à des travaux productifs 400,000 bras exercés à détruire leurs semblables, il n'y aurait pas là économie au budget et augmentation de la richesse sociale par le développement des travaux publics?

Que le moment ne soit pas encore venu de supprimer l'armée, d'accord ; mais ne peut-on, comme cela a été proposé, abolir la conscription et lui substituer le recrutement volontaire? Ne peut-on alléger le budget de la guerre en remplaçant l'impôt du sang par un impôt de recrutement qui serait frappé proportionnellement aux fortunes, et enfin, le service militaire ne pourrait-il être limité à trois ans au lieu de cinq?

Pensez-vous que si, un jour, le libre échange permettait à chaque pays de ne pas forcer sa production et d'économiser les frais occasionnés par des employés improductifs, ce ne serait pas une excellente amélioration? Ne croyez-vous pas que, dans de certaines limites, l'élection et le concours ne puissent s'appliquer à toutes les charges? et n'êtes-vous pas d'avis que si la loi, qui n'est que préventive en France et qui n'a été faite qu'en vue des fripons, devenait simplement répressive, comme cela se voit aux Etats-Unis, et que si la solidarité des intérêts était reconnue, on verrait aussitôt la morale et l'hygiène équilibrer nos fonctions?

Voyez le grand malheur, quand nous serions un peu meilleurs et quand les intérêts particuliers deviendraient de plus en plus solidaires des intérêts généraux, qu'ils tentent, mais en vain, à absorber aujourd'hui! Vouloir le bonheur des autres, c'est, n'en doutons pas, pour tout homme désintéressé dans la question, vouloir le sien. Ici, nous ne cherchons pas à abstraire l'homme de sa nature, ni à vouloir appliquer nos réformes sur une société type qui n'existe pas. Nous ne sortons ni des limites de la réalité, ni de celles du possible.

Pour combattre nos idées, partisans du privilége, votre manière de procéder se résume comme il suit :

Pousser le possible à l'absurde pour le rendre impossible;

Rendre responsable de maux dont il est fort innocent l'objet de vos attaques, en vertu du sophisme : *Cum hoc, ergo propter hoc.*

C'est ainsi que vous avez agi envers le gouvernement de la République. Vous souffrez sous la République, disiez-vous aux campagnards, donc la République est la cause de vos souffrances.

Si une réforme utile et nécessaire est sur le point de passer, aussitôt vous chargez l'avenir des couleurs les plus sombres et vous vous mettez à prédire des maux inouis; c'est un autre sophisme : c'est l'appel à la peur; ou bien encore vous invoquez je ne sais quel principe d'autorité, vous cherchez à jeter la confusion dans la discussion ou à la faire différer; de plus, vous calomniez les hommes qui attaquent les abus et défendent les droits de l'humanité.

Enfin, pour mieux assurer vos succès, vous vous *tartufiez* au grand complet, et vous jouez à ravir l'innocence et le dévouement en vous couvrant de la peau de la brebis qui cache le loup dévorant.

Voilà comment, de tout temps, vous avez poursuivi l'esprit nouveau, dans les guerres de religion d'abord, dans nos tourmentes politiques ensuite.

Une dernière question pour finir et nous résumer :

Croyez-vous que l'homme soit un animal raisonnable, oui ou non ?

Si vous admettez la définition, il faut accepter les projets d'améliorations qui découlent de l'application de sa raison à l'étude des faits, et vouloir que ces améliorations se fassent successivement, progressivement.

On ne peut raisonnablement prétendre arriver avant de partir ; mais il est temps de se mettre en route.

Voilà ce qui est vrai, juste et possible ; ce sont là des réformes sociales qui seront faites au profit du plus grand nombre et sans qu'il soit nécessaire de s'attaquer à la famille et à la propriété, ni de bouleverser la société et de la livrer à l'anarchie, qui la tue.

A tous ceux qui vous diraient le contraire et se serviraient de leur majorité parlementaire accidentelle, comme d'un argument, répondez simplement ceci, mes braves gens :

« Citoyens, nous savons à quoi nous en » tenir ; nous croyons à l'avenir de l'huma » nité, à la loi de progrès qui gouverne les » sociétés, aux réformes nécessaires et ur » gentes, comme nous croyons que deux » fois deux font quatre.

» Quant à ce que vous dites que vous » avez raison, parce que vous êtes les plus » nombreux et que vous avez pour vous » la majorité, nous vous répondons, c'est » possible ; mais cent mille hommes con « tre un seul ne pourront jamais prouver » qu'un cercle soit carré.

» Ce que nous demandons,

» Est-il juste ? oui ;

» Vrai ? oui ;

» Possible? oui ;

» Cela dépend-il de nous? sans doute.

» Si on ne le fait pas, c'est qu'on ne
» veut pas, et nous aviserons aux pro-
» chaines élections ! »

Certes, nous savons que notre organisation politique est encore loin d'être aussi
simple qu'elle pourrait l'être ; mais les ten-
dances rétrogrades et monarchiques des
hommes au pouvoir, changeraient-elles
avec la forme du gouvernement? nous ne
le croyons pas ; ce n'est pas le progrès
qu'ils désirent, ce sont les priviléges qu'ils
regrettent ; ce n'est pas avancer qu'ils veulent, c'est reculer.

Aussi, les événements qui se passent,
nous en convenons, sont peu rassurants,
et ne sont guère de nature à encourager
ceux qui jugent superficiellement les choses.

Pour nous, nous acceptons les faits révolus, quitte à en tirer l'enseignement
qu'ils renferment, nous laissons aux plu-
mes chagrines le soin d'incriminer le
passé ; nous subissons comme une néces-

sité ce qui est, et, sans dire comme le malheureux docteur Pangloss, que tout est au mieux dans le meilleur des mondes possible, nous continuons à chercher ce qui nous manque et ce qui fausse notre organisation sociale.

L'histoire n'est pour nous ni une série chronologique impuissante ni une récrimination inutilement permanente ; nous admettons que le présent vaut mieux que le passé ; que le pouvoir absolu était préférable à la féodalité, et que le régime représentatif constitutionnel était supérieur au pouvoir absolu ; nous trouvons, enfin, que le simulacre de république sous lequel nous vivons, est infiniment meilleur que la pourriture déchue ; et nous disons que, dans un avenir plus ou moins éloigné, l'association de nos forces et le développement de nos facultés, ayant pour but le plus grand bien du plus grand nombre, vaudront mieux à coup sûr que la guerre entre les classes, les peuples, les races et l'exploitation de l'homme par l'homme.

C'est à ce point de vue que l'histoire a un but réel, une utilité incontestable : c'est sa moralité.

Nous sommes, alors, forcément amené à dire que ceux qui ont, avant nous, milité en faveur des droits du peuple, étaient dans le vrai, et que, continuer leur apostolat, c'est se livrer à une tàche rude, c'est s'engager dans un chemin plus embarrassé de ronces et d'épines qu'orné de fleurs ; mais est-ce là une raison pour faillir au devoir, oublier notre mission, déserter nos convictions? non.

Dans ce moment, surtout, dans ce moment de trahisons et de misères, quand la réaction chante victoire et célèbre la défaite de la Hongrie, la capitulation de Rome, celle de Venise, et applaudit aux exécutions barbares des démocrates et martyrs allemands et italiens; si, au récit de ces grandes infortunes et à la vue des làches qui s'en réjouissent, une douleur profonde s'empare de vous, d'un autre côté on se sent saisi d'admiration au souvenir de la noble résistance de tant de cités héroïques et à la lecture des merveilleux exploits accomplis par le courage indompté et indomptable de vaillants chefs tels que Garibaldi, Bem, Klapska et bien d'autres, dont les noms sont moins illustres.

On ne songe plus alors à plaindre des victimes que leur gloire rend dignes d'envie, et en pensant aux hommes qui meurent, on croit à l'idée qui survit et qui peut enfanter tant de nobles dévouements.

Aussi, et c'est là notre conviction, le succès d'une démocratie, en apparence vaincue, sera dans peu assuré à jamais, et vos chants de victoire, royalistes, sont moins l'expression du triomphe qui se réjouit que celle de la peur qui cherche à s'étourdir.

Et vous, bonnes gens qui, comme cela s'est vu en l'an 1000, croyez encore une fois à la fin du monde, rassurez-vous : nous ne faisons que de naître.

L'ordre et la justice sont-ils universellement respectés?

La paix et la liberté règnent-elles parmi nous?

La simplicité et l'économie sont-elles des réformes acquises à nos administrations?

L'association et le crédit sont-ils largement appliqués?

Les sciences ont-elles dit leur dernier mot?

La devise républicaine : Liberté, égalité, fraternité, est-elle celle du genre humain, et le drapeau de la République universelle est-il arboré dans toutes les capitales?

Jusqu'à ce jour, en vérité, je vous le dis, il faut marcher et le monde n'est pas en danger de périr.

Non... l'humanité a un but à atteindre, et quand elle sera arrivée, Dieu sait alors quelles nouvelles destinées nous seront préparées.

Quant à nous, nous admettons plus que jamais la nécessité où nous sommes de favoriser la marche du progrès et de mettre, par des réformes heureuses et justes, nos facultés en rapport avec nos besoins.

Nous ne nous dissimulons ni la résistance acharnée des égoïstes, ni les rigueurs qu'un système rétrograde tient en réserve pour les organes de la presse véritablement républicaine.

Mais c'est surtout en présence des difficultés d'une situation, qu'il faut prendre pour devise :

Espoir et persévérance !

MARCHAL, FILS.